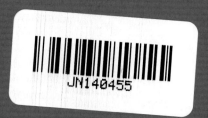

歌集

追憶

―相良實子　遺稿集―

2024年春　千葉県大多喜にて

賞状

短歌の部

入選

わが庭の箱を田となし植ゑし稲一椀ほどの収穫がなる

相良みね子　様

あなたの作品は第十二回長塚節文学賞において頭書のとおり優秀な成績を収められましたのでその栄誉を讃えこれを賞します

平成二十一年九月二十一日

節のふるさと文化づくり協議会会長

茨城県常総市長　長谷川典子

わが庭の箱を田となし植ゑし稲
一椀ほどの収穫がなる

第十二回長塚節文学賞　入選

平成二十一年九月

南国のにはか雨にていくばくか
町を濡らして青空となる

平成二十二年度ＮＨＫ全国短歌大会入選

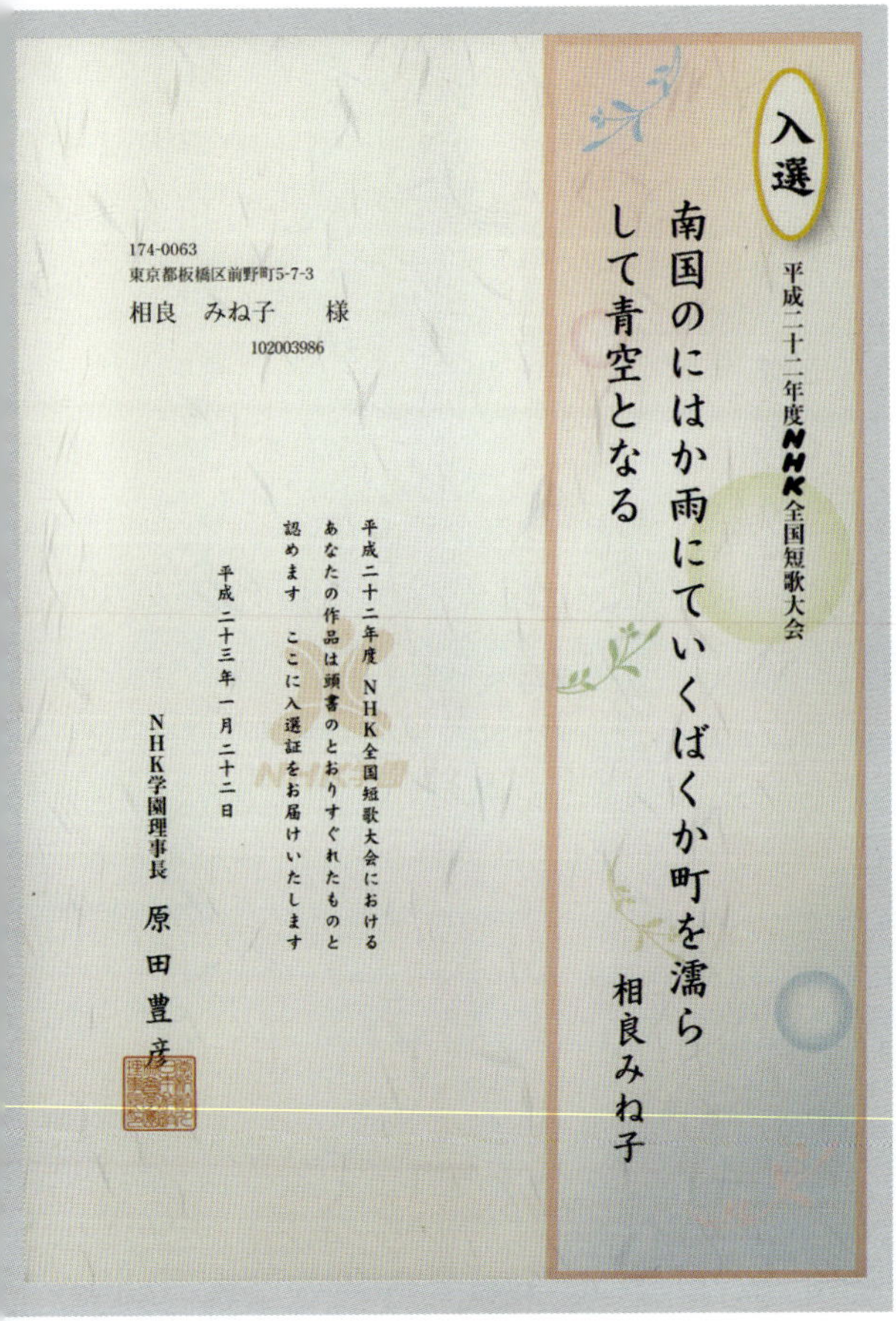
入選

平成二十二年度NHK全国短歌大会

南国のにはか雨にていくばくか町を濡らして青空となる

相良みね子

平成二十二年度　NHK全国短歌大会における
あなたの作品は頭書のとおりすぐれたものと
認めます　ここに入選証をお届けいたします

平成二十三年一月二十二日

NHK学園理事長　原田豊彦

174-0063
東京都板橋区前野町5-7-3
相良　みね子　　様
102003986

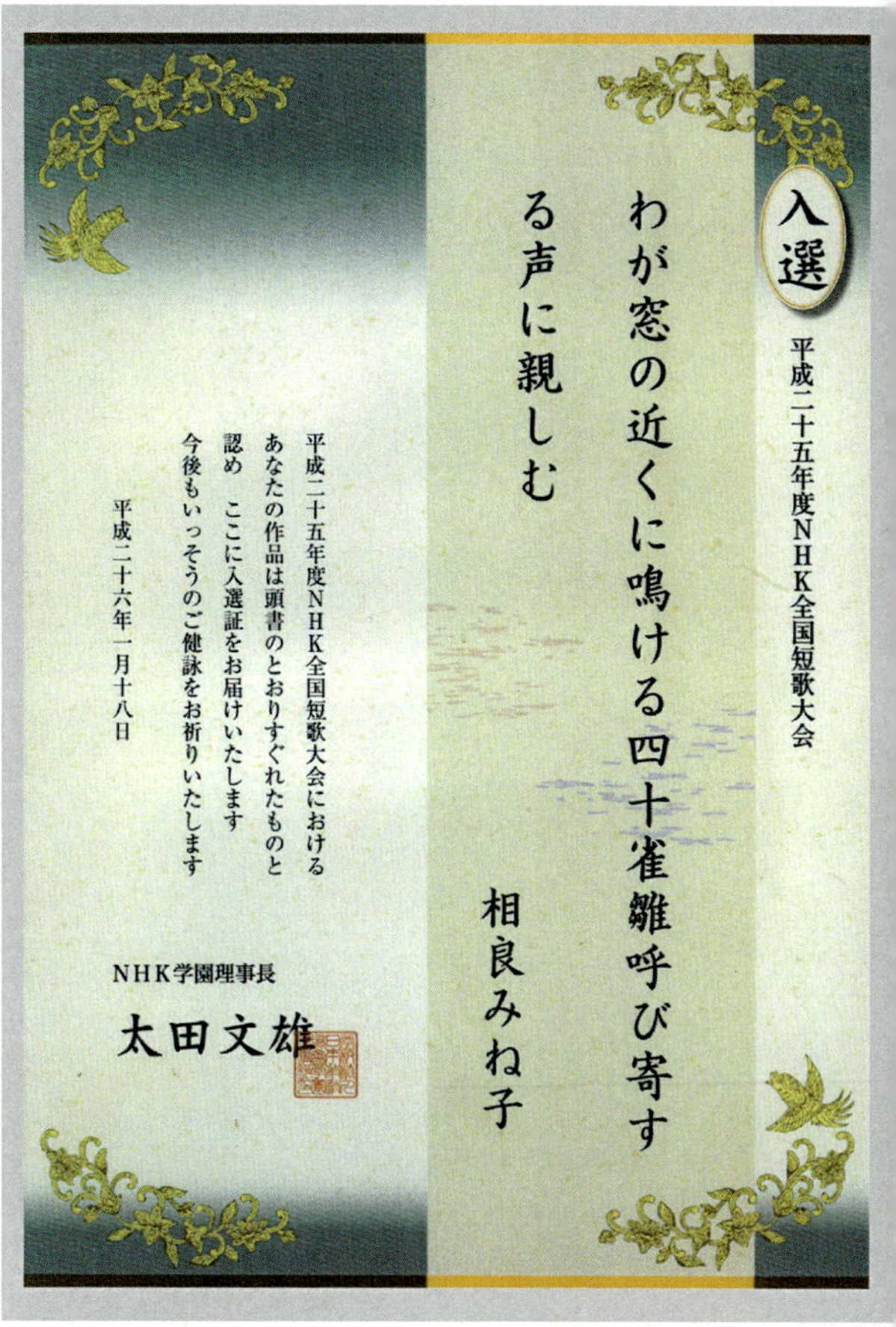

入選

平成二十五年度ＮＨＫ全国短歌大会

わが窓の近くに鳴ける四十雀雛呼び寄す
る声に親しむ

相良みね子

平成二十五年度ＮＨＫ全国短歌大会における
あなたの作品は頭書のとおりすぐれたものと
認め　ここに入選証をお届けいたします
今後もいっそうのご健詠をお祈りいたします

平成二十六年一月十八日

ＮＨＫ学園理事長
太田文雄

わが窓の近くに鳴ける四十雀
雛呼び寄する声に親しむ
平成二十五年度ＮＨＫ全国短歌大会入選

葦原に帰りゆく鳥親と子が
水を離るる夕べとなりぬ

平成二十六年度ＮＨＫ全国短歌大会入選

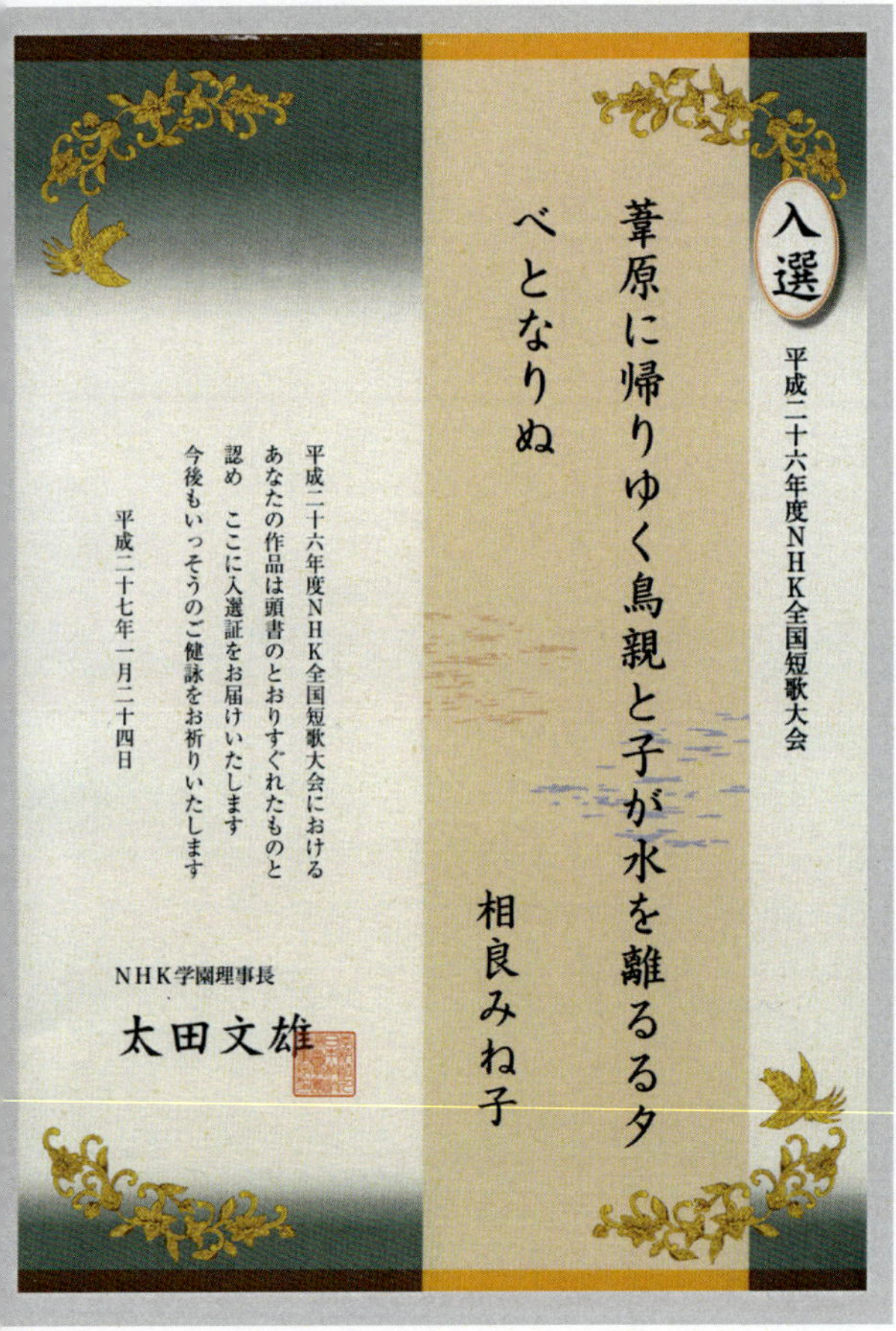

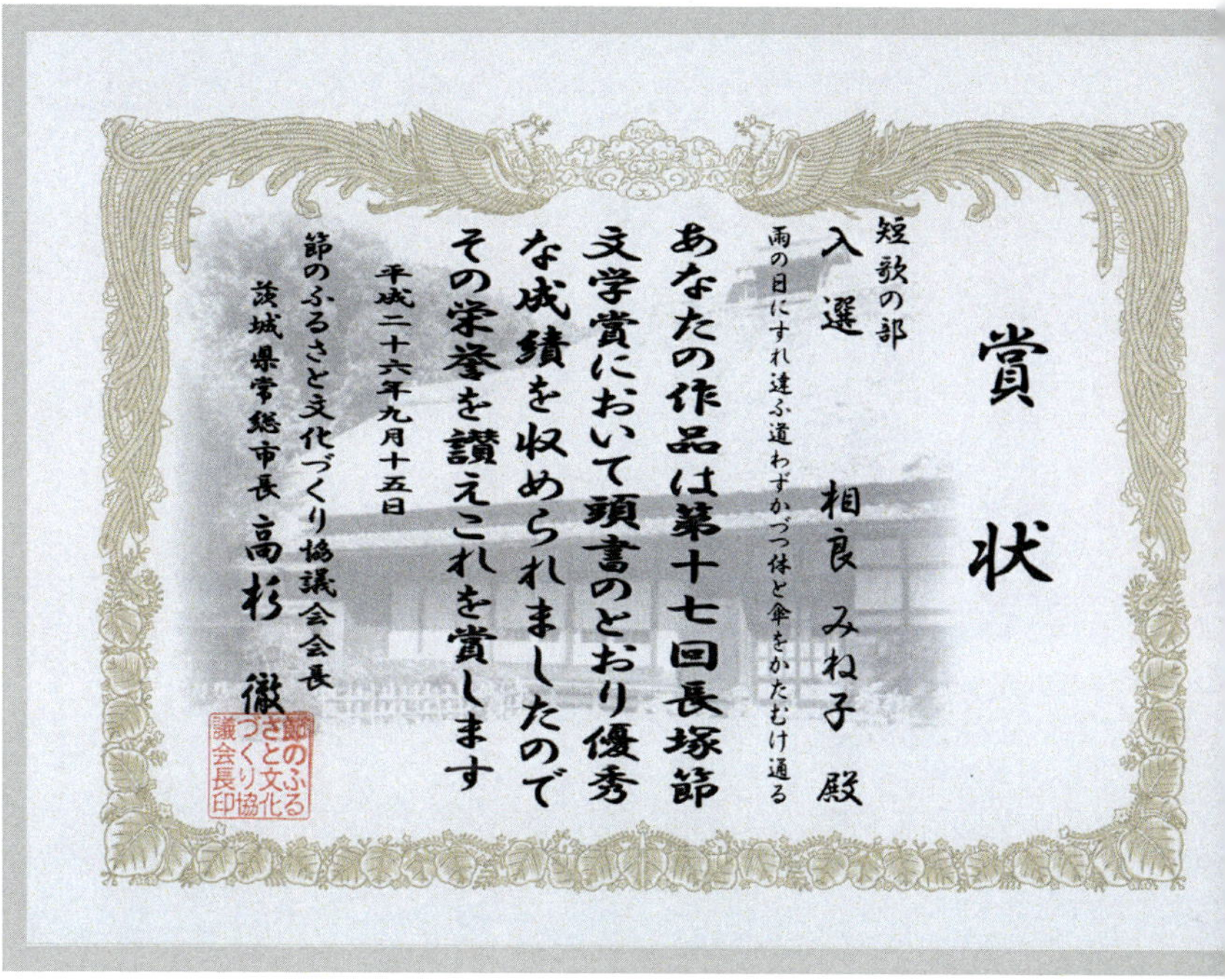

賞状

短歌の部

入選

雨の日にすれ違ふ道わずかづつ体と傘をかたむけ通る

相良 みね子 殿

あなたの作品は第十七回長塚節文学賞において頭書のとおり優秀な成績を収められましたのでその栄誉を讃えこれを賞します

平成二十六年九月十五日

節のふるさと文化づくり協議会会長

茨城県常総市長 高杉 徹

節のふるさと文化づくり協議会長印

雨の日にすれ違ふ道わずかづつ
体と傘をかたむけ通る

第十七回長塚節文学賞　入選
平成二十六年九月

夕暮の青よりはなだ色となる
空ほのぼのと梅の香にほふ

平成二十八年度ＮＨＫ全国短歌大会入選

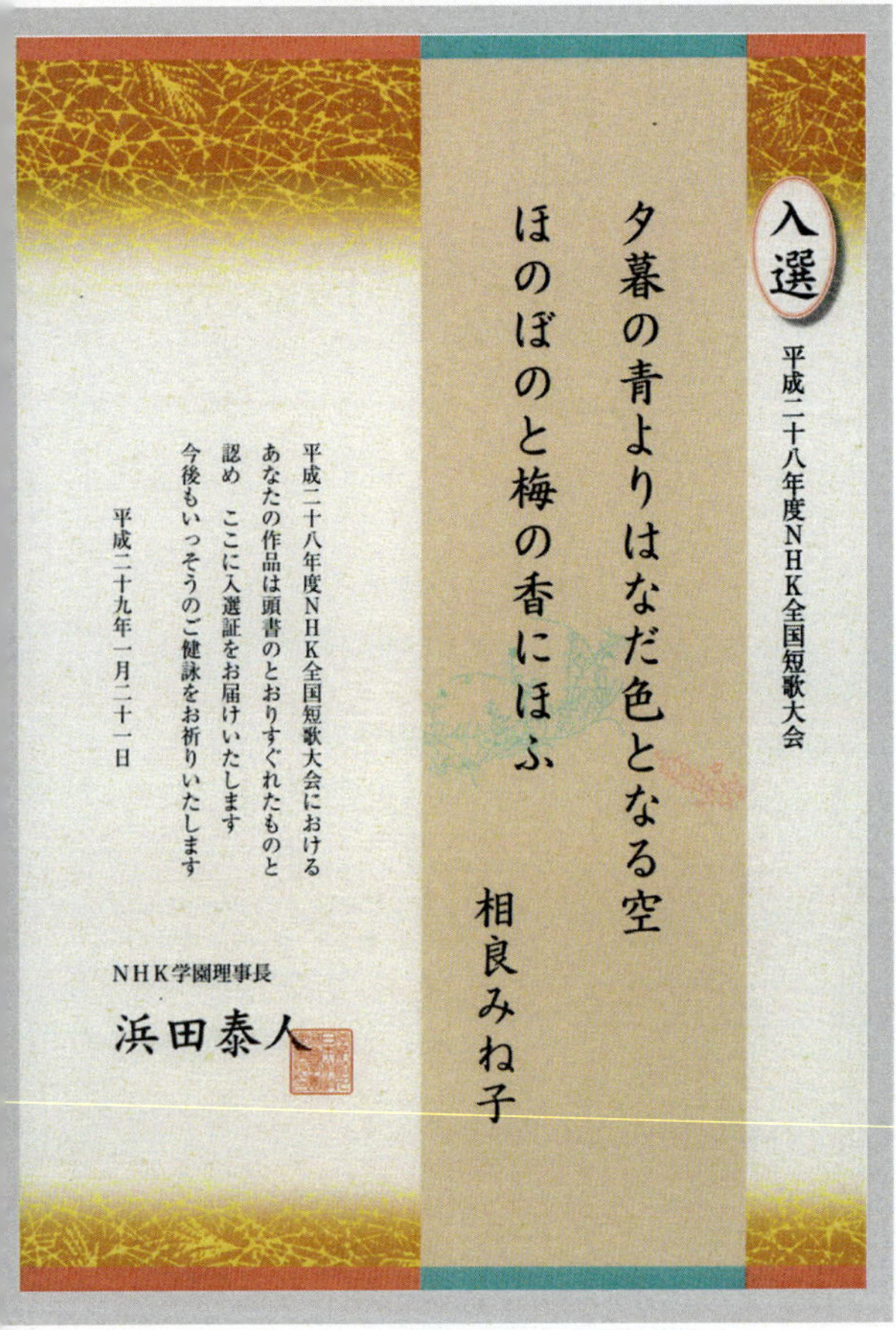

入選

平成二十八年度ＮＨＫ全国短歌大会

夕暮の青よりはなだ色となる空
ほのぼのと梅の香にほふ

相良みね子

平成二十八年度ＮＨＫ全国短歌大会における
あなたの作品は頭書のとおりすぐれたものと
認め　ここに入選証をお届けいたします
今後もいっそうのご健詠をお祈りいたします

平成二十九年一月二十一日

ＮＨＫ学園理事長
浜田泰人

歌集

追憶

―相良實子 遺稿集―

＊

目次

蟋蟀　7
友よ　10
街路樹　12
犬小屋　15
クリスマスローズ　19
くすのき　21
野良猫　24
つむじ風　27
へつり　30
無言館　32
車椅子　35
身辺　37
「ちゅき」(月)　39
元号　41
松笠　44
嫁　46
母　50
南高梅　55
鶺鴒　57
仔猫　59
畝傍　63
ABCの歌　64
ロシア・ウクライナの　68
成熟のとき　70
傀儡　72
ジョン　74
梅の枝　76
老人ホーム　79
トマト　81
令和六年正月能登　83

梟の声　87
抗がん剤　90
十　薬　93
雑　詠　95
蛍　100
照る日　102
蟹　汁　104
能登その後　107
二十歳　111
冬の花火　113
OSO18　115
椎の実　118
楢枯れ　120
彼　岸　121
リョウ　123
海　127
ミャー　129
大内宿　131
骨きしむ音　133
とんぼ　135
百　舌　138
二月尽　141
世の中つらいね　143
さりげなく　144
久堅町　147
あとがき　148

歌集

追憶

―相良實子 遺稿集―

蟋蟀

深まりし秋の夜長に蟋蟀の翳りある声しみじみと聞く

張り付きて厨の窓を移動する蟷螂動くともなく動く

生活の灯夜空に映ゐて上弦に照る三日月の冴ゆ

いち早くもみぢするのは何ならん近くに見れば日を浴ぶ桜

ひとしきり降りたる雨が夜半にやみ朝の路上は梅の花びら

大根の葉むらに午後の日の差して早くも翳り冷え増してくる

家々の屋根に霜降るころとなり道野辺の草伏して平らか

雨の降る気配無きまま培えるほうれそうが土低く生ふ

友よ

買い物の帰りに仰ぐ白き月歳晩の空に光増し来る

酒好きの君に捧げん日本酒の越乃寒梅四合瓶買う

連れ立ちて墓前に供ゆる花えらぶ亡き友喜ばん賑やかなる花

線香のにほひ好むと思はねど煙にさめて君よ出で来よ

身辺の親しき人との別れなり葬祭などに行きたくもなし

街路樹

正月六日仕事始めの通勤の道に傷つく鳩をみとめつ

音のなく銀杏もみぢがふってゐる車行きかう道の街路樹

紅の花をかかげゐる冬の薔薇霜ふる朝力なく咲く

日没の余光にうかぶ黒富士を遠くながめる坂の上より

窓枠に日の差しきたりすこしづつ広がり部屋に光り充ちくる

日のくれてあたりを占むる深き闇犬怒るごとキヨンの声する

青きまま落ちて転がる柿の実を自動車一台すりぬけてゆく

立葵公園の角に群れて咲き真紅の八重の花に惹かれる

犬小屋

冬枯のゐろは躑躅の群生にきざす赤みが映えて明るし

一月の重たき雪に枝の折れくすのき匂う坂道ゆく

とつぜんに逝きてそのあと人住まぬ家の犬小屋ことさら静か

傷つきし鳩やうやくに立ちあがる歩みはじめを暫く見つむ

かすかなる音に振り積む綿雪の影の濃くなりわが町けぶる

雪解けのぬかるむ土の道歩む足跡さびし靴は重たく

ひすがらを舗装工事にふさがるる道に迂回の指示を受けをり

二三年前より花粉に悩みゐる夫に早くも兆しあらわる

節分の追儺の豆まくわが声に窓より猫が飛び入りて来る

引く犬の歩みにときおり爪を擦る音ありおところへ深きを思ふ

肩よりも頭を低く垂らしつつ飼い犬辻にてわれをうかがう

クリスマスローズ

わが腕に頭あずけてゐ寝る猫蒲団の中にて寝返りをうつ

ひよどりの鋭《と》き声きこえ夜もすがら降りたる雨やむ寒き明け方

われの見る冬木のこぶし逆光にあまたの蕾が銀にかがやく

ひとしきり降りたる雨が夜半やみて梅の花びら散る朝の庭

蕾持つ花茎みえてクリスマスローズ三年を経て咲きてくれたり

くすのき

弾むごと鴉鳴きゐてベランダのハンガー散らばる寒ゆるむ朝

街路樹のさくらの梢に光あり二月の空は晴れ渡りをり

辛夷咲くかたえにたてばわが好む樟に似る強き香のする

トラックの巻きをこす風ひもすがら街樹のさくら散らして止まず

雲早く動き光の照り翳りする空の下海は轟く

海ちかき山をいういう越えてくる鳶のおおらかなる声楽し

放射能汚染地帯に残されし家畜の受難は理不尽すぎる

早春の山の華やぎうす紅のミツバつつじの花さかり咲く

野良猫

峠より見やる景色が目に染みるきらめく海と切り立つ岩と

道沿いの垣根つづきのかなめもち朝の小径にてらてらまぶし

樹齢など知れぬ椎の木いかめしき根張と幹と葉のざわめきと

さかのぼる波のきらめき目陰して広き河口の利根川を見る

家猫と毛柄よくにる野良猫に親しみ感じわれは近ずく

テリトリー護らんとするわが猫の猛々しき声ひとしきり聞く

降る雪に外へ行かんとす猫の窓辺はなれず思案するごと

汐を吹く浅蜊の貝をなにものと見てゐる猫の背の毛さかだつ

つむじ風

道端にちりし落ち葉や埃《ほこり》などたぐり寄せつつつむじ風たつ

白内障手術し不要となりたるにまだ顔にある眼鏡の残像

わが庭の箱を田となし植ゑし稲一椀ほどの収穫がなる

環境を整へて飼う水槽の蛙ケッケッケッと縄張をゐふ

鶫《つぐみ》去り目白飛びきて蹲踞に水を浴びをり秋の寺庭

円かなる蕾の小さく霜月の百日紅はまだ花咲かす

枝先を染めるごとく赤き花咲いて楓に若葉風吹く

ほほけたる野辺の薄に風わたる音のあるごとく穂のなびくさま

へつり

油したたれまつかな熾火に焼かれいる山女魚はうまし湖畔の宿に
沈積の跡もあらはな岩を成す塔のへつりは紅葉のなか

河原には動くものなく阿賀野川音なき流れ寒々として

紙にて切る見へざる傷に似たるごと子の一言がいたくこたへる

潮騒の聞こえる街に君は住む雲になりて訪ね行きたし

無言館

元日の朝よりわれにつきまとう猫なだめつつ屠蘇支度する

おとしゃんと息子に抱き着く孫の声何故かときめくほのぼのとして

パレットに乾く絵の具の罅割れが頭をよぎる無言館への道

水槽に冬を過ごしし青蛙三月十日出し抜けに鳴く

遅咲きの梅のほころぶ暖かさコートを羽織りいざ鎌倉へ

青空へ飛び出す十五の少年のオリンピックは気負ひなく見ゆ

ぬらりくらりの答弁なればやすやすと未来を託すべくなき法案

明日飛ぶと乱れることなく手紙《ふみ》にある染みにし文字に胸痛くなり

車椅子

あざやかに瑠璃唐草の咲く丘は果てなき青の空と交わる

桜咲く四月施設の姑花を見せんと車椅子押す

枇杷の花びしりと咲きて枇杷の実があまく匂えりわが庭のうち

水際をうつ波音を聞きながら潮の香りをたっぷりと吸う

病みてより苦あり苦ありの日々にしてまたもひとつの病加はる

身辺

踏み外しし段差に易く骨折す一月二十日今日支払日

それとなくわれを気づかう言葉増え否応もなく老いを自覚す

日常は使うことなき松葉杖今日を頼りに歩いて行かん

キーボード打つ指先の違和感に膠原病の兆しの進む

新しき靴のなじまず折々に道辺に寄りて紐をととのふ

「ちゅき」（月）

賜りし薔薇の切り枝瓶に挿す五つの蕾みごとにひらく

夕空に細き月あり公園に「ちゅき」とさしいる孫の指先

演奏を控えて学生それぞれに音合わせいる木蔭の下に

シンバルの音に始まる吹奏楽孫の吹くクラリネットも同調しをり

わが腕にもたれくる事などないだろう息子よお前の息子を抱いて

元号

鄙びたる山の湯宿に再会の弟夫婦と飲む酒うまし

元号の改まり世を湧く人ら新手の詐欺がてぐすぬをひく

揺れ動く車の中に揺さぶられ八甲田山中ゆるりと走る

うねり串うたれ炉端に焼かれゐる岩魚の塩焼き匂ひも旨し

雀蜂の女王ならんや距離はかり虫取り網に殺意をこめる

幼子をまきこむ惨き事故起こり令和の時代は動き始める

雨の日にすれ違ふ道わずかづつ体と傘をかたむけ通る

改まる年の日早くも十五日今日降る雨は硬き音する

松　笠

境内にころがる松笠拾うとき嗚呼なく鴉の間のびした声

競うごと小走りはじむる鶺鴒の二羽チチと鳴く姿に見ゐる

道端に黒き実落ちてこの坂は樟の香りのかすか漂ふ

満天の星の輝き見てる間に思ひ出しをり七夕伝説

道々の街樹の細枝光あり角芽の先の雨滴の光

嫁

もふもふの毛布にふにゅふにゅする猫は遠い記憶の母恋ふ姿

蜜求め枇杷の花へと潜り込み蜂はたちまち花粉を纏う

わが家の前に猫いて犬がいて睦まじくをり昼のひだまり

わが母にあらねば老いの行く末を嫁の立場に慎みて言う

狩りにきてうさぎ追い出す老犬のそのけなげさに哀れ覚ゆる

傘さして昼の銀座をぶらり行く一丁目の柳に春は来てをり

植えて五年花の咲きたる桃の木は蜂の寄り来るまでに匂へり

山椒を摘むかたわらの鶯のぐぜりの声に笑ひこらえる

コロナ過に花を楽しむゆとりなく葉桜風に吹かれゆくのみ

四十年母の役割終へたれば心のままに夫にむかふ

認知症すすみて老の頑なさ姑の刺ある言葉におびゆる

母

目のあかぬ子猫子の爪のような棘鉢植えの薔薇黄の花開く

母の日に賜りし鉢のカーネィション今年は蕾を五つ持ちたり

我が窓の近くに鳴ける四十雀ひな呼び寄せる声に親しむ

厨より目線に見ゆる栗の花梅雨の走りの雨に打たるる

淡紅の花咲出でて葉のしげみブラックベリーが色づき始む

昼過ぎの晩夏の光に響きあふのうぜんかずら花の紅

蟬声の衰へきたる二百十日日増しに勢う虫すだく声

うちつけの風によろめきすれ違ひ息子のやうなる人とぶつかる

有るか無しの風の流れにそこはかと匂ひたち来る金木犀は

深みくる秋を咲き継ぐ百日紅柔らかき花音の無く散る

秋の味栗のご飯はほの甘く湯気の向こうに冬を見ている

平物の花を愛でつつ残菊の強きかおりに息深く吸う

外遊びの友に打ち解け砂場にて幼き者の連帯を見る

白梅のほころぶ公園ににぎやかにバスケットする少年の声

南高梅

振り出し春の時雨に濡れて咲く南高梅の白のすがしさ

寒のゆるみ日の力増す二月尽大地の息吹に立つ蕗の薹

道端の花壇はやうやう華やかに土地の人らの美的おもむき

走り去る車の風に舞い上がり花びらわれを巻き込み遊ぶ

桜咲き菜の花明るい線路わき鉄道ファンのカメラが光る

鶺鴒

稲の葉の動かし飛び出したちまちに鶺鴒その葉に潜りこみたり

せせらぎの音ちかくして白鷺の川面みつめてゐる姿見ゆ

礒岩の海苔の萎れる暑さにもわが足元を舩虫うごく

恐怖にて足萎えのまま逃げ惑ふ夢より覚むる午前の三時

仔猫

目のあかぬ猫の仔拾ひ亡き犬の代わりに育て癒されている

四十過ぎし子の生き方を危ぶめる夫の干渉うべないがたし

街角を曲がれば白き木蓮は万朶の花を噴きたたせいる

二回目のコロナワクチン打ち終えていかな反応わが身はするか

体操の内村航平オリンピックの魔物を見しかまさかの落下

鶯のほけきょほけきょの声絶えず今日わが祖母の七十回忌

研究者のごとくに蟬の抜け殻の違いを話す五歳の孫が

中秋の月は夜空に浩々と斯くうつくしき彩雲描く

黒雲の沖に湧きたち岬より身をればその下雨降りしきる

苔桃の匂ひともなふ風の吹く病院出でて駅にしむかふ

海風のあらく吹きいる島丘の砲台跡を佇み歩く

畝　傍

葦原に帰り行く鳥親と子が水を離るる夕べとなりぬ
はるばると来る畝傍の橿原にわれの玉砂利踏む音響く

ＡＢＣの歌

秋冬のわれの畑にながらえてあわれ蟋蟀懸命に鳴く

晩秋の山にこの日も鹿が鳴く猟の解禁いういう迫る

竜胆の瑠璃一輪を百均のグラスに挿して心ゆたけし

目鼻立ち風化に崩れし元禄の童子のまえだれ色のあせ寂し

良き音に鳴らぬほおずき唇に遠い記憶にうからの団欒

あやふやな言葉に会話す孫二歳保育園にて英語を習う

孫の歌ふＡＢＣの歌声がぎくしゃくぎくしゃく聞こえてきたり

身は長き影を路上に映し出し西に傾く冬至の光

日の光あらぬ所に差し込みて地球は回る春へ向かいて

かんからに晴れた日畑になり響く耕運機の音喜びの音

桜桃の花真盛りのわが庭にあわれ今日吹く風は冷たく

ロシア・ウクライナの
例えれば東京ドームの何百倍広がる青空黄の麦畑
独善の理かかげ罪の無き命を奪う暴挙を憎む

残酷の極みを尽くすが戦争よ「戦争は悪だ」人を狂わす

岩手にも八甲田にも冠雪と聞きてウクライナの冬を思わん

成熟のとき

新緑の山のみどりは紫の藤豊かにし谷をうずめる

葉の光る初夏の枇杷の木実をつけて静かに待つや成熟のとき

十年を花咲かせない柚子の枝に実をさしその後の蕾をまてり

雉の卵《らん》茹でて食いしと土地の者平然と言う当然のごと

ベランダにまきつくつるに実のつきて日ごと夜ごとにむかごが落ちる

傀儡

何　国葬森加計桜観る会やカルトに関わる疑惑の人を

凶弾に斃れし人の強かな裏の政治が日の目にあたる

かく清く風は吹きしか木犀のあえかなる香を運び来たりぬ

干渉を互いにせずに暮ししに死して波風立つ夕べなり

感情を顕はに継母の妹われを変死を悔やむ言葉に打てり

ジョン

猟仲間の誰の犬より確実に猪追い出ししジョンもういない

玄関にかすけき音し猫のゆく相よりてゐし犬をるごとく

常日頃吠ゆることなきジョンの声獲物追うとき山に響けり

蓮といふ名前の犬がまつわりて亡きわが犬の賢さ思ふ

梅の枝

寒き日の空のはるかに富士山の大きく見ゆる木更津の沖

雨を経て小春の空も寒くなり今宵窓打つ北風の音

冬の日の光まばゆき梅の木に歳晩花の咲くを見つける

手に折りて仏花に添える梅の枝白き蕾の開く元旦

午後五時の家並に残る夕焼けがゆえなく嬉し一月の道

ゆつたりと体伸ばして新玉の日に目を細めわれを見る猫

くれないに空をそめつつ沈む日が家並みの上まじかに見ゆる

梅の花風に運ばれ飛び来れば幼子走る公園広場

老人ホーム

施設にて八年暮らす姑のベッドとわずかな空間の生

をひをひに記憶欠けゆく姑を見舞うはせつなし言葉少なく

衰えを知らぬか続く猛暑の日葉月夕べの風にひぐらし

百歳の姑の記憶は満州に代用教員務めたる日々

脱出を企ているか虫かごの幼きかなへび思案気に見ゆ

トマト

支柱をも倒して稔りいるトマト猛暑日つづく秋の庭畑

里芋の葉に乗る露がときどきの風の動きに光をはじく

南国の温州みかんが東北に温暖化とはどこまで進む

往来の稀なる杣に捨てられて野生と化したトマトが匂ふ

プランターに赤茄子五種類うえおきて暑き日トマトの匂にむせる

令和六年正月能登

暖かき正月元旦夕方の能登を襲ひし大地震《おおない》津波《つなみ》
キャスターの津波避難の映像の叫ぶようすを伝ふるテレビ

日の暮れて能登の朝市あたりより火の手あがるがテレビに映る

不明者は正月帰省の家族とも持っていき場のない怒り沸く

地震にて割れし大地の動くさま息詰めてみる能登の映像

今日もまた風がしまくとう被災地に春よ来たれや雪時雨降る

陽のさんさんそそぐこの日を被災地の能登へ届と空を見上げる

古来より家を守ると言われゐる家守どうにも好きになれない

地震にて割れし大地の動くさま息詰めてみる能登の映像

父の膝を母の腕をまろびつつ摑まり立てり孫の太郎は

うちそろひ楽器かなづる学生の一人はわが孫クラリネット吹く

梟の声

切れ味の鈍くなりたる包丁を砥石に当つる心しずめて

葉桜となりたるひまより時をりの風に吹かれて花びらの飛ぶ

日の暮れて村の灯はつつましくいずこに鳴くか梟の声

軒下に吊るしし柿は日をおきて程よく乾き甘くなりくる

吹きし風はたとしずまり曇天の昼のわが町むし暑くなる

わが傍の木立のなかに鴉ゐてさびしむものかながく鳴く声

思おえぬ鴉の仕業ベランダのハンガーくわえ飛び去りゆけり

麻酔より覚めれとわれを呼ぶ夫声にならざる息にて答ふ

抗がん剤

細胞の増殖抑える点滴を障り出ぬこと願いて受ける

空調の管理されいる病棟の窓に見てゐる早咲き桜

おもおえず雪を被きし富士の見ゆ雲の横とう空の頂

わが息子「少しは食べよ」と三峰の気のお守りを手渡し帰る

病よりくる難聴とわが聞こえ悲しかりけり進行早し

あれこれと思いめぐらす長き夜わが入院の先を案ずる

冷え込み強く朝方に術創うづき目覚めたり

一度ならず二度も腫瘍のできし身に二度あることは三度あらんか

十

薬

初夏の瀬にたつ水楽し音楽しはずむ流れのきらめくさまも

花殻を道に落として溢れ咲く凌霄花日々に見て過ぐ

好まざる香にあらずして十薬の白き花見ゆ霧雨のなか

ちよつとこいちよつとこいと鳴く声が潮風ぬける森よりきこゆ

瞬間に低く飛びきてひるがへる鳶の翼が風をとらえる

雑詠

新しき暦をかけて一年の未知なる日月を楽しみゆかん

梅の香の匂い来ればベランダに出でてその花満開を見る

日のひかり力増すころそこはかと沈丁花にほふ春は来にけり

改修の成りたる公園植ゑらるる梅の苗木に花の咲きをり

つもりたる雪に心をはずませし時あり雪道身をかばいゆく

小さき手に積りし雪を寄せ集め二歳の孫が作りし達磨

満開を過ぎた桜の下をゆく時雨のごとき花びらをあびて

池端にめぐむやなぎは昨日より今日みどり濃くしなやかに揺る

山椒や野蕗を採りて佃煮に厨をみたす山菜（やまな）の香り

湯浴みする乳飲み子すこぶる機嫌よく一人前の欠伸にゐ寝る

母として祖母としての反戦の思ひ伝えん議事堂前に

いただきし根付きの三つ葉根元より切りて植え置く日の当たる場所

通り雨過ぎてはなだに染まる空立待ちの月山を離るる

収穫に思ひはせつつ杉菜などはびこる畑鍬に耕す

蛍

平沢の流れの音と河鹿の声聞きつつ蛍の出で来るを待つ

八時ころ水辺の闇を湧きあがり蛍の乱舞は合戦のごと

ぬばたまの闇の天地を自由自在楽しくひかる蛍の浮遊

写真には写りこまざる蛍の火ともす光の青はかなく

掌に包みし蛍を覗き込む幼の顔が光に映ゆる

照る日

突然のゲリラ豪雨に青年の歩く姿が小走りとなる

子を載せてペダルを踏めるその母は雨降るなかをゆったりとゆく

街を行く人ら口開け呼吸する地表焼けつく照り返しのなか

おもむろに一匹の蟬なきだして遠く近くに蟬時雨ふる

ラジオより「スキ焼ソング」の流れ来る二胡のメロディー寂しく聞け

蟹汁

無量園に見る四百年の金木犀花こぼしつつ強き香放つ

みぞれ交じりの風吹きつける寺泊蟹汁すする佐渡を見ながら

散り積もる落ち葉の坂を下り行く枯葉の匂い踏みしめながら

葉のちりし欅に来鳴くひよどりの影の寂しく日は暮れんとす

師走はや日の翳りたる公園の池の水鳥動くともなし

とつぜんの風に空へと舞い上がる銀杏の輝き見つめていたり

しし座流星の見らるるといふ空一人仰ぐ無音の暁冷えつのり来る

かすかなる夕映へ窓に残しつつ暮れて冬至の柚子湯に浸る

能登その後

被災地の不明者いまだ見つからず早春の能登けふ雪時雨

遠方の家族もあわれ元日の地震《ない》に襲われ落命と聞く

樹齢しれぬこの椎の木の息づかひ盤根あらはに葉のざわめけり

雪の日の空気の重さに負けてゐる腰も重たし足も重たし

目に見えぬコロナウイルス潜みゐていまだに罹患の人のをりたり

梅雨明けの今日鳴き出せる蟬の声朝の厨に押し入りて来る

遠くある台風の雨わが町におよびて猛暑のしばしやすらぐ

わが家に太鼓の練習する音の聞こえ祭りの近ずくを知る

雲たかく空渡りゆく秋の日に庭の韮花満開に咲く

震源地いづくとテレビのスイッチを入れて潮引く海岸映る

避難する人らこぞりて支えあひ老いと幼児の手を曳きながら

二十歳

町中にペット同伴張り紙のある喫茶店の増えゆく令和

朝朝の鏡に向かう男孫肌の手入れす二十歳を過ぎて

池の面をひたひたゆする風ありて番なるかな水鳥のくる

鼻ピアスしている少女の金色の髪のパサつき寂しさが見ゆ

竹山に踏み入り出で来る男孫太き筍その肩にあり

冬の花火

空爆の犠牲者鎮魂慰霊こめ冬の花火が寒天に咲く

冬きたり検診の日の医師の顔切除不能のガンを告げたり

喉元にとどめし言葉の重きゆえ憂き顔するは今日までとする

かぎられし時間というはせつなかり断捨離しかと出きればよいが

父母に逢わんがための八十段七十五歳いつまで登る

ＯＳＯ18

牛を食う熊となりたるＯＳＯ18警戒心の強さ思わす

ＯＳＯ18駆除に奔走している猟師らの予想うらぎる行動をとる

六十余頭の牛を襲いしＯＳＯ18あっけなく駆除をされたるらしい

歳かさね捕食能力の衰えに痩せていたらしＯＳＯ18は

解体をされネットにて売られたりＯＳＯ18の肉は旨いか

殺されて余すことなく使はれしＯＳＯ18よ成仏なれよ

冬眠の覚めたる熊の食域に山菜採りの押しかけてゆく

射殺さる熊の腑は空なりと言われ悲しき里山のおきて

椎の実

晩秋の庭を賑はし咲く菊はひと夜の霜に華を失う

柵をこえ伸びし椎の枝落とす実の轢かれしのちの粉塵がまふ

言わずともよきこと言ひて場のしらけ一人二人と去りゆき散会

電線に幾百の影むく鳥の群れて寒空塒へむかふ

椎森の梢《うれ》上《え》にかかる満月の光の中を蝙蝠が飛ぶ

楢枯れ

カシナガの被害に楢の枯れくるを材木問屋の亭主が嘆く

前山のあちらこちらに楢枯れの目につくあわれ上総の山は

彼岸

み仏に帰依はせざるも手をあわす彼岸に移りし人らを思い

窓によりそこに見たものベランダに猿が居座る仔連れの猿が

帰り船かもめひきつれ接岸し朝の港が動きは始める

彼岸過ぎ雨の降るたび沿道のおしろいの花衰へてゆく

入植の人ら離れておきざりの墓原明るく黄の水仙咲く

リョウ

よろめける足にも散歩に行かんとす獣の性の残りているか

さくら散るみちにたたずみ桜見る犬の歩みに合わせて歩く

食欲をそそるは何か老犬の好むをさがし求めて歩く

飲むことも難儀する犬音立ててガーゼが含む水を吸ひたり

襁褓かえ心地よさげな老犬の身をさすりつつ命見守る

足腰の弱りし犬がおのずから散歩へゆかんと四肢を踏ん張る

常鳴かぬリョウが遠吠えするごとく今宵鳴きゐる悲しい声に

そこなしに悲しき朝です息をせぬ犬のからだをただただなさする

抱きあげていまだに温き身を清め「ありがとうね」が詰まる喉元

共に居りともに過ごしし十四年出会ひの頃を思ひだしおり

老犬を看取りし後の寂しさに十八年度の鑑札出でくる

海

炊飯器なにが不快かぶつぶつと米の水量多くはなゐぞ

かつての日母との旅にもとめたる黄八丈の機織をみる

潮気だつ海のうねりは名ばかりの春の日のなかゆく漁り船

三月とおもえぬつめたき風ゐでておもわずコートの襟をあわせる

潮枯れの一本松の伐採に寝ていだくと植木師の礼

ミャー

留守がちの家に飼われて昼の間は外に寝ているキジトラの猫

禁食の朝をすごして昼を過ぎいまだ呼ばれず時もて余す

家探しをするとう猫のいじらしさわれを探し家うち歩く

夜のふけて探しあきらめ姿なきわれの布団に猫まるまるとう

わが姿見定めたるか怒るごと戸惑いながらも抱けと鳴ゐる

大内宿

茅葺の屋根立ち並ぶ大内の風情は往時の宿場しのばす
大内の宿場ながるる水の音滔々として変わらぬと言ふ

名物と売り物にして振舞える葱そばを食うほろりと辛し

とりどりの山の恵みを加工し商う宿場の人らの生活

朝晩のひえの厳しく山襞をいろどる紅葉の朱の輝き

骨きしむ音

新しい切り株一つ公園の隅に木の香を放つ昼すぎ

朝床に手足伸ばせば関節の骨のきしみを自らただす

故郷はとわれて思ふ東京に生まれ育ちて江戸っ子ですね

まだ寒く吹く風のなか日の力増しきて梅の蕾膨らむ

護岸より垂れゐるロープに着生の若芽が春の潮にゆらめく

とんぼ

さし来る光とともに赤とんぼ湧くごとあらわれ川面を埋める

行きずりの集落の子の挨拶に返す言葉に親さこもる

子の髭に白髪のまじるにきづきつつ言にはだせぬさみしさのあり

咲きつぎて塀にあふるる凌霄花彼岸すぎれば咲く花のなし

どんよりと雲垂れこめむる昼過ぎに捻挫をしたる頸椎疼く

遠くきて沼へ下りれば目の前に広がる湖畔のもみぢの輝き

殻を割り一夜をかけて羽化をする蟬のありさま厳かにみる

分蜂の飛来か窓外に生ずる羽音におどろき見入る

百舌

百舌の刺す贄のかなへび晩秋の木の枝にあり乾反《ひぞ》りてゐたり

わが町の池に来たりし水鳥のつくる水の輪見つつ楽しむ

風寒く吹く如月の青き空蕾はじけて春まつ辛夷

なんとなく吹きいる風に逝く夏を肌上《はだえ》に感ずる立秋の朝

音たてて降る雪ゆえに家猫が己がテリトーの見回りためらふ

餌くわへ蟻は幾度も繰り返し小さな小さな段差乗りこゆ

木の下に桜花見の親子ゐて番いの鴉が見下ろしてゐる

森深く低き声にて鴉鳴くながきひとこゑ聞けば寂しき

二月尽

街路樹の梢ほのぼの明るくてと潤いてくる二月尽日

植込みの満天星躑躅あわあわと一所明るし花芽の見えて

ふつときて一瞬のまに刺してゆく秋たけなわの蚊はせわしなく

如月の雪にも春のきざしありクロッカスの芽土より出でて

慈雨なれどわが身冷たく帰りきてさしあたりする暖房点火

世の中つらいね

世知辛い世を生きいるは難儀なり天候までもが拍車をかける

信仰は豆腐のようにと良き言葉頑ななれば角もたつもの

さりげなく

海と空の境やうやく見え始め開門岳の朝焼けを見る

晴れ透る空の一区画百日紅白き花房ゆたかに揺れて

さりげなく夫の差しだす手にすがる病み上がりの身すべて預けて

耳もとにわが名よばるる気配して朦朧と覚め意識遠のく

津波にて破壊されたる石巻瓦礫に埋るる桜の咲けり

日照の不足に花の力なくゴーヤは小さなままに萎れる

船旅を楽しむわれは若きより海を恋して波に揉まるる

食欲の無き夫へのためならん真白き粥に芹の香たたす

久堅町

一葉の住いし当たり今もなほ明治のころの風情が残る

啄木の終焉の土の久堅町寂しく思ふ花活けられて

あとがき

妻、相良實子が二〇数年間書き留めておいた短歌を纏めてみました。

故人は約二十年、癌と闘っていましたが、数々の手術・投薬を経て、二〇二四年十一月五日早朝、あの世へと旅立ってゆきました。

妻、實子が病床で進めていた選歌を長男景介、次男智毅から「お母さんが残していった歌を纏めてあげようよ」ということになり、ここに短歌集を纏めて出すことになりました。

本来、妻實子が存命中に出版する予定でしたが、本人が選歌に時間を費やし亡くなる前日まで以前書き残していたノートからテキストデータ入力を行なっていました。

次男が亡くなる前夜に「お母さん入力終った？」と聞き「終った」と答え「じゃ、あとがきを書いてね」と言って帰ったその次の早朝、突然息を引きとってしまいました。

今考えますと選歌が終り、安心して張っていた気が突然抜けてしまったのではないかと思っています。

夏頃に余命二〜三ヵ月と宣告を受け、病院に入院していても手の打ち様がないと言われ、家に戻るかホスピスに入院するかと話し合い、家にいたいとの事で入院はせずに自宅から旅立ってゆきました。

三ヵ月もの間、ぐちの一言も言わず妻の気持ちを思うと今でも胸が締めつけられる思いがします。

なお、故人が病と闘いながら入力したため誤植、誤字などがあるかと思いますがそのままとしました。

故人が亡くなった際に携帯電話のパスワードが解らずに、お知らせをできていない方が多数いらっしゃいます。至らない点ではありますが、お知らせが届かなかった方々にはどうかご容赦ください。

生前お世話になりました友人、知人、短歌仲間の方々にお目通しいただき、故人を偲んでいただけたら何よりの鎮魂になると思いますので、よろしくお願い申し上げます。

令和七年三月

相良景行　景介・智毅

著者略歴

相良實子（さがら　みねこ）

1948年 8 月22日	東京都文京区生まれ。旧姓柿崎
1967年 3 月	日本女子体育大学併設二階堂高等学校卒業。
1969年 8 月25日	相良景行と結婚
1970年 2 月19日	長男景介誕生
1977年 3 月12日	次男智毅誕生
平成21年	長塚節文学賞入選
平成22年	NHK全国短歌大会入選
平成25年	NHK全国短歌大会入選
平成26年	NHK全国短歌大会入選
平成26年	長塚節文学賞入選
平成28年	NHK全国短歌大会入選
2024年11月 5 日	早朝永眠

歌集 追 憶 —相良實子遺稿集—

2025年 3 月20日 第 1 版第 1 刷
著 者 相 良 實 子 ©
発行人 相 良 景 行
発行所 (有) 時 潮 社
175-0081 東京都板橋区新河岸 1 - 18 - 3
電 話 (03) 6906 - 8591
FAX (03) 6906 - 8592
郵便振替 00190 - 7 - 741179 時潮社
URL https://www.jichosha.jp
E-mail kikaku@jichosha.jp
印刷・相良整版印刷 製本・仲佐製本